Die Abenteuer des Eidechs

Die Abenteuer des Eidechs

Von Gerhard Kindl

Eigene Illustrationen

Bibliografische Information der Deutschen Nationalbibliothek:
Die Deutsche Nationalbibliothek verzeichnet diese Publikation in der Deutschen
Nationalbibliografie;
detaillierte bibliografische Daten sind im Internet über
http://dnb.d-nb.de abrufbar.

© 2009 Gerhard Kindl
Satz, Umschlaggestaltung, Herstellung und Verlag:
Books on Demand GmbH, Norderstedt
ISBN: 978-3-8391-5504-2

Inhalt

I. Kapitel

»Es ist kaum zu glauben«, sagte stolz der kleine Eidechs, »ich habe Mauern zersprengt.«

Und er besah sich die bläulich weiße Eischale, aus der er soeben gekrochen war.

»Meine Tat ist einzig!« behauptete er kühn und entdeckte gleich eine Neigung in sich, große Gedanken auszusprechen …

Weil er aber von sehr kritischer Natur war, blieb ihm die hauchdünne Zerbrechlichkeit, die er verlassen hatte, nicht verborgen und er änderte seine Meinung:

»Die Tat muß noch getan werden!«

Dann verzog er spöttisch sein Mäulchen. »Diese leere Hülle ist zu fadenscheinig, um zu etwas nütze zu sein.«

Er war der erste Eidechs, der seine Eischale mit Geringschätzung behandelte und eine Tradition brach.

Das verdiente um so mehr Beachtung, wenn man bedenkt, wie lange mancher seine Eierschalen hinter den Ohren trägt …

Er machte sich nichts daraus. Er stieß die Schale nur an, sie kam auf der schrägen Steinfläche ins Rutschen und zerschellte in viele kleine Splitter.

»Ich bin erwachsen genug, ich brauche keine Belehrungen«, rief er ihr nach und spazierte los.

»Schau dich um und gib acht, daß du nicht gefressen wirst«, belehrte ihn eine Eidechse in mittlerem Alter, die seine appetitliche Jugend reizte.

»Ich hab dich zum Fressen gern …!« versicherte sie und sah ihn mit begehrlichem Ausdruck an.

»Adieu!« sagte der Eidechs und brachte sich schleunigst in Sicherheit.

Er war auf einem herrlichen Steinhaufen geboren worden ... Eigentlich handelte es sich um gar keinen gewöhnlichen Steinhaufen, sondern um den Rest eines Mauerwerkes und um ein ehemaliges, majestätisches Schloß. Großartige Feste hatten darin stattgefunden. In den goldfunkelnden Sälen waren beim Schein brennender Kerzen und prächtiger Lüster schöne Damen an hohen Kristallspiegeln vorbeigewandelt.

Sie hatten den anwesenden Baronen, Grafen und Herzögen – die alle den Titel eines Ministers führten – derart die Köpfe verdreht, daß es jedem danach gelüstete, der Reichste zu sein, um seiner Schönen ganz besonders zu gefallen. Und weil keiner dem anderen diesen Vorrang gönnte, erblaßten sie vor Neid, verfärbten sich grün vor Ärger, gelb vor Habgier und dunkel vor Haß und Rachsucht. Auf der Jagd nach goldenen Reichtümern wurde die Güte der Herzen getötet ...

Doch niemand gab das zu. Vor den Gesichtern trugen sie die Masken lächelnder Heuchelei.

Aus diesem Grund tat der absolute König, der über das Land herrschte, alles, was ihm seine Minister einredeten. Er ließ sein untertäniges Volk für dumm verkaufen und in Angst halten ...

Die Trommeln dröhnten dann jedesmal durch die Dörfer und Städte – die Männer, die keine Barone, Grafen oder Herzöge waren, mußten in den Krieg ziehen. Ihre brennenden Häuser leuchteten ihnen als Fackeln auf ihrem traurigen Marsch … Die großartigen Feste aber wurden immer großartiger bis – ja, bis die Weltgeschichte aus dem majestätischen Schloß das machte, was es jetzt war: ein Haufen Steine, die unregelmäßig übereinander lagen …

»Welch ein Glück!« sagten die Eidechsen und schnappten nach den tanzenden Mücken.

»Welch ein Glück!« wiederholte der kleine Eidechs, der sich in Sicherheit gebracht hatte.

Doch nun machte er seine zweite Entdeckung: Eine unwiderstehliche Neugier erfüllte ihn vom Kopf bis in die Zehenkrallen. So spazierte er unbekümmert in der Eidechsenstadt umher und wunderte sich nur über die vielen Hinweisschilder, die überall aufgestellt waren. Eine Auskunft ist keine Belehrung, tröstete er sich und fragte einen älteren Eidechs, der vorbeistolzierte.

»Du bist noch neu, wie ich sehe. Paß auf! – Wir befinden uns auf historischem Boden und weil wir darüberstehen, halten wir unbesorgt an der Tradition fest.«

Er drehte den Kopf hin und her und erklärte: »Das ist die Schloßstraße, da der Schloßgraben und der Schloßturm. Ich komme gerade aus dem Schloßcafé und bin auf dem Weg zum Schloß-Sitzungssaal.« Der ältere Eidechs ereiferte sich auf einmal. »Man erlebt dort aufregend interessante Dinge!« Und er zerrte den kleinen Eidechs förmlich im Laufschritt mit sich fort.

Dabei erklärte er unentwegt weiter: »Wir bekommen den erlesensten Ohrenschmaus serviert. – Wir achten nicht so sehr auf den Inhalt, sondern auf das Äußere des Vortragenden, die Geschliffenheit seines Satzbaues und die Pointen. – Wir leben in einer wahren Freiheit! – Unsere Redner schreien sich zuweilen gekonnt an, beschimpfen und prügeln sich sogar …« Er verschluckte sich, hustete dem Ersticken nahe – und tat dann sehr wichtig: »Damit streuen sie uns Sand in die Augen und können gemächlich das tun, wogegen wir uns sonst mit Händen und Füßen gewehrt hätten …«

Atemlos schlüpften sie zwischen grauen, zerborstenen Steinquadern hindurch und gelangten auf einen ziemlich geräumigen Platz, den die Sonne beschien. In dichten Reihen drängten sich die Zuhörer um eine echt goldene Trinkschale, die den Zusammenbruch des Schlosses überstanden hatte und nun als Rednertribüne diente. Ihr Schein vergoldete alles …

Der kleine Eidechs und sein Begleiter gerieten in eine hitzige Debatte hinein. Es ging um den Tagesordnungspunkt Nr. 23. – Das heftige Für und Wider galt dem Problem: Sollte man die Grasmücken erst singen lassen und dann fressen oder erst fressen und dann …

Es war klar: Die hier versammelten Eidechsen verfolgten eine ganz ausgefallene Geschmacksrichtung.

»Unsere genialsten Führer erkennt man an ihrem Namen«, flüsterte der ältere Eidechs dem Kleinen zu. »Seit dem berühmten Schwedenkönig ist der nicht aus der Mode gekommen ...«

»Wir müssen die Tatsachen ignorieren und uns an die Mücken halten«, bemerkte eben ein Redner und räkelte sich in der goldenen Trinkschale zurecht. Ein anderer gebrauchte seine ganze Stimmenkraft: »Speien wir Gift und Feuer! – Wozu, frage ich euch, wozu sonst waren unsere Vorfahren Drachen ...?«

Und er suchte nach treffenden Worten: »Wir müssen es nur gehörig hinausposaunen. Wir müssen es glaubhaft machen. Die Dummheit lebt von der Angst ...!«

Ein Dritter holte langatmig aus: »Als ich die größte Tat meines Lebens vollbrachte und die Mauern meiner unvergessenen Eischale zersprengte, war mir schon bewußt, daß Wenige viele blindlings drauflosstürmen lassen müssen. Die Vorsehung will es so ...! – Reißen wir deshalb die Grenzen der Natur nieder! – Nur so werden wir zum Regieren wie geboren sein!« Und er schloß zuversichtlich: »Unser Existenzkampf ist hart. Aber ein Geschäftsmann behauptet sich auch ohne Gewissen ...!«

Der kleine Eidechs verstand von alledem nicht das geringste. Er malte gelangweilt Kringel und Schnörkel in den Sand.

Allmählich erhob sich ein dumpfes Geräusch. Den Versammelten knurrte der Magen. Sie waren maßlos hungrig geworden. Die Meinungen wandten sich entschieden der zweiten Erwägung der ausgefallenen Geschmacksrichtung zu. Jeden durchdrang der Wille, die absolute Macht auszuüben.

»Denken wir an die Minister!« hatten die Redner gefordert. Es stand fest, daß der Tagesordnungspunkt Nr. 23 gleich erledigt sein würde.

Da meldete sich eine niedliche Eidechse zu Wort. »Ich bin dafür ...«, sagte sie.

Das dumpfe Geräusch wurde stärker. Der Versammlungsleiter erregte sich: »Ich muß mich sehr wundern. – Jawohl! Ich muß mich darüber wundern, daß in einer ausgesprochenen Männchenversammlung, in der wir einmal das große Wort führen, bis uns der Magen knurrt – also, daß es hier ein Weibchen wagt, den Mund aufzutun!« Und er schlug mit den Vorderpfoten erbost auf den Rand der goldenen Trinkschale. Dann beruhigte er sich ein wenig.

»Aber wir können es uns leisten! – Wir können unseren Hunger noch einen Augenblick bezähmen und diese Unterbrechung als das würdigen, was sie doch sein soll – nämlich die totale Anerkennung unserer überlegenen Weisheit!«

Ein nie erlebter Beifallssturm brach los und es dauerte lange, bis er sich gelegt hatte.

»Ich bin dafür, die Tatsachen nicht zu ignorieren und die Grasmücken singen zu lassen. Ihr Gesang ist so erheiternd«, sagte die niedliche Eidechse mit kokettem Augenhochschlag …

In dem ausbrechenden Tumult der Pfuirufe stahl sich der kleine Eidechs unbemerkt davon. Er schüttelte verständnislos den Kopf. »Ich verstehe meine Mitechsen nicht. Warum reden sie bloß so lange, bis ihnen der Magen knurrt und sie sich nicht mehr freuen können?« Seine Sympathie gehörte der niedlichen Eidechse, die man jetzt bestimmt gefressen hatte. Er seufzte und beendete seinen Rundgang durch den grauen Steinhaufen.

»Wie langweilig alles ist«, stellte er enttäuscht fest. »Und außerdem gibt es nur zwei Gefahren: Aus lauter Liebe oder aus dem Gegenteil heraus gefressen zu werden. Was bleibt da für die Winterschlafträume zu erwarten?«

Er hatte so nach und nach seine Beobachtungen gemacht. Er hatte auch die Geschichte des ehemaligen, majestätischen Schlosses erfahren. Man redete ihm ein, es handle sich lediglich um ein altes Märchen ... Der kleine Eidechs legte sich auf einen der obersten Steine in die pralle Sonne.

»Ich will in die Welt hinausziehen, die voller Abenteuer ist«, beschloß er.

»Dieses graue Einerlei kann keine wichtigen Gedanken bescheren. Draußen wird es bedeutungsvoller zugehen. Die Welt ist größer ...!« sagte er sich. »Ich werde jeden Augenblick etwas Neues erleben und meine Winterschlafträume werden ausgesprochen bunt sein. Vorher aber unternehme ich noch einen letzten Rundgang.«

Und schwungvoll sprang er von dem obersten Stein herunter. Die Entscheidung, die er gefaßt hatte, war sehr schwerwiegend. Er kannte die Fremde nicht. Dort lauerten bestimmt unzählige Gefahren. Unablässig durchdachte er das Problem und erwog jedes seiner Für und Wider. Doch er wollte sich selbst gegenüber nicht wortbrüchig werden. Er war so darin vertieft, daß er von seiner Umgebung überhaupt nichts mehr wahrnahm. Plötzlich stieß er heftig mit jemandem zusammen.

»Träumst du?« fragte eine süße Stimme. Er kam zu sich. Er war hellwach und sah mitten hinein in zwei strahlende, grüngoldene Augen.

»Jetzt träume ich«, entgegnete er fassungslos. Ganz nah vor ihm stand die niedliche Eidechse – und eine Schale mit duftender Fruchtkonfitüre lag umgekippt daneben. Ungläubig starrte und starrte er sie an.

»Sind meine Schuppen etwa verrutscht?« fragte sie irritiert und blickte angestrengt über ihre Schulter.

Der kleine Eidechs holte tief Luft. »Ich dachte, sie hätten dich ...«

»Ich war schneller«, erwiderte die niedliche Eidechse mit einem belustigten Unterton. »Wer immer nur herumsitzt und geschwollen redet, verliert seine Gelenkigkeit«, setzte sie fröhlich hinzu.

Der kleine Eidechs konnte sich nicht sattsehen. Ihm war, als würde er sich von der Erde lösen und geradewegs wie auf Flügeln in den leuchtenden Himmel hineinfliegen. »Hilfe, mir wird schwindlig, ich fliege davon!« rief er erschrocken aus und verlor um ein Haar das Gleichgewicht.

»Ich bin ein richtiges Scheusal«, sagte die niedliche Eidechse schuldbewußt.

»So etwas darfst du nie wieder behaupten«, erregte sich der kleine Eidechs.

»Ein Scheusal ist jemand, der vorgibt, einen anderen gern zu haben und ihn doch nur fressen will. Und Scheusale sind die, die dir nicht glauben und gewissenlos und böse werden.« Und er machte seine nächste Entdeckung: Er hatte ihr nur widersprechen wollen, um seinen Standpunkt zu erläutern. Da geschah es unvermittelt! Er hatte sich in diesem einen, einzigen Augenblick unsterblich in sie verliebt! Diese Erkenntnis durchzuckte ihn wie ein glühender Blitz.

»Ich liebe dich!« wiederholte er stammelnd und außer sich. Der feurig brennende und ein eiskalter Strom durchflossen ihn gleichzeitig.

Die niedliche Eidechse wollte ihre Fassung zurückgewinnen. »Wir benehmen uns wie die Kinder«, versetzte sie ernsthaft und vergaß völlig, daß auch sie erst vor kurzem geschlüpft war. »Außerdem können wir nicht hier stehenbleiben.«

Sie versperrten beide wahrhaftig die ganze Breite des Weges. Also spazierten sie zusammen ein Stück. Der kleine Eidechs erzählte von seinem Vorhaben.

»Am liebsten würde ich alles rückgängig machen«, sagte er niedergeschlagen.

»Aber du bist so klug. Ich muß mir die Klugheit erst noch verdienen. Ich muß viele Erfahrungen sammeln und erwachsen werden. Meine Liebe zu dir wird mir Flügel verleihen. Wenn ich die Welt kennengelernt habe, fliege ich sofort zu dir zurück. Wirst du so lange auf mich warten?« fragte er unsicher und blieb stehen. Die niedliche Eidechse antwortete nicht. Sie sah ihn nur stumm mit ihren grüngoldenen, unergründlichen Augen an. Dann seufzte sie schmerzlich.

Der kleine Eidechs konnte ihrem Blick nicht länger standhalten. Er riß sich von ihm los.

»Ich komme gewiß rasch wieder!« rief er, warf ihr tollkühn eine Kußhand zu und schlängelte sich pfeilschnell auf einem Mäusetrampelpfad durch das hohe, grüne, weiche Gras davon.

II. Kapitel

Er war noch nicht lange unterwegs, da traf er eine junge Maus. Sie drückte sich eng an den Rand des Trampelpfades, um ihn vorbeizulassen.

»Guten Tag. Frierst du?« fragte der Eidechs neugierig.

»Ich – guten Tag – nein – die Schlange …«, stotterte die junge Maus und zitterte wie Espenlaub.

»Was heißt die Schlange?« forschte der Eidechs, der zum ersten Mal davon hörte.

»Oh, sie ist lang und groß und fürchterlich und – und …«, zitterte die Maus.

»Du bist ein Angsthase«, sagte der Eidechs, der ihr nicht glaubte. Damit hatte er sie getroffen.

»Ich bin kein Angsthase, sondern eine Spitzmaus und nützlich!« empörte sie sich und spreizte den winzigen Schnurrbart.

»So?« fragte der Eidechs. Er machte einen Katzenbuckel und blies und fauchte.

»Iiih, iiih!« fiepte die junge Spitzmaus und überschlug sich fast, als sie ausriß.

»Das begreife ich nicht«, sagte der Eidechs. »Wer von seiner Nützlichkeit überzeugt ist, muß doch auch Mut haben.« Und er versuchte, sich hineinzudenken:

»Nützlichkeit hat mit Verstand zu tun. Aber wenn die Dummheit von der Angst lebt …« Der Eidechs schüttelte sich belustigt. Er flitzte weiter, um eine Ecke – und da war die Schlange. Lang, sehr lang lag sie schräg über dem Pfad.

»Guten Tag«, sagte höflich der Eidechs, indem er einige Schritte zurückwich.

»Guten Tag«, lispelte die Schlange, öffnete ihr Maul ein wenig und züngelte zweimal mit der gespaltenen Zunge.

»Warum mußt du ausgerechnet Spitzmäuse fressen? Die sind doch nützlich!«sagte der kleine Eidechs und stemmte sich herausfordernd auf seinen Vorderfüßen auf.

»Ich werde dich aufklären müssen«, lispelte die Schlange. »Man verkennt mich. Ich begnüge mich durchaus mit Würmern und kleinsten Schnecken und außerdem bin ich eine Blindschleiche und mit dir verwandt.«

Der Eidechs schüttelte sich wieder vor Vergnügen, weil er an die Spitzmaus dachte, wurde aber schnell ernst. »Arme Schleiche«, sagte er. »Wenn du blind bist, kannst du nichts erkennen. Soll ich dir eine Schnecke fangen?«

»Nicht nötig«, versicherte die Blindschleiche, fuhr auf eine Schnecke los und verspeiste sie.

»Du kannst ja doch sehen!« rief der Eidechs. »Hast du mich beschwindelt?«

»Ich habe eine Lautverschiebung durchgemacht«, sagte die Blindschleiche sanft. »Ich müßte eigentlich Blendschleiche heißen. Sieh nur, wie ich glänze!«

Und wahrhaftig, sie glänzte ganz silbrig im Sonnenschein. »Nein, ich bin keine Schlange«, wiederholte sie tiefsinnig. »Meine Form bringt solche Trugschlüsse mit sich. – Ich habe schon versucht in die Breite zu wachsen, damit ich allen Verdächtigungen entgehe – doch ich häute mich immer wieder als Blindschleiche …« Und sie züngelte ergeben zweimal mit der gespaltenen Zunge.

»Beinah hätte ich mich täuschen lassen – aber nur beinah«, dachte der Eidechs, nachdem er sich verabschiedet hatte und weiterwanderte. »Doch es kommt meiner Bildung zugute.

Die zwei Gefahren, die es gibt, habe ich hinter mir. Schlangen existieren auch nicht, nur Blindschleichen, die eine Lautverschiebung durchgemacht haben und mit mir verwandt sind …«

Er glaubte an sich, und der Glaube versetzt bekanntlich Berge … Er war so in seine Gedanken vertieft, daß er nicht auf den Weg achtete. Unversehens gab der Boden unter ihm nach, er stürzte in ein finsteres Loch und eine kratzende Stimme schrie schadenfroh: »Geschieht dir ganz recht! Geschieht dir ganz recht!« Eine Wühlmaus war es, die ihren Gang aufgestoßen hatte. Sie wühlte überall herum. Sie hätte am liebsten für jeden eine Fallgrube gegraben. Sie drehte sich halb um und kratzte von oben herab mit ihrer Stimme: »Von Sprichwörtern halte ich nichts! Ich bin absolut nicht abergläubisch …!«

Dann erhob sie sich über den Weg, blickte sich triumphierend um und lachte höhnisch: »Geschieht dir ganz recht! Geschieht …« In diesem Augenblick sauste eine dunkle Wolke herab, spitze Krallen packten die Wühlmaus und trugen sie hoch in die Luft.

»Dunkle Wolken haben Krallen«, stellte der kleine Eidechs fest und befühlte sich sorgfältig, ob er nicht etwa verletzt sei. Dann rappelte er sich auf und spazierte weiter. Links und rechts wuchsen die Gräser in die Luft – und der Saft, den die Wurzeln aus der Erde saugten, stieg in den Halmen zu den Blattadern bis in die Spitzen, die sich über dem Pfad wölbten. Ein behäbiger Käfer kletterte an einem schwindlig hohen Grashalm hinauf.

»Warum tust du das?« fragte der Eidechs neugierig.

»Es ist eine Erstbesteigung«, ächzte der Käfer und hangelte mit seinen sechs Beinen höher.

Fasziniert blickte ihm der Eidechs hinterher. »Wenn du dort oben bist, mußt du gut losfliegen können!« rief er hellauf begeistert.

Der behäbige Käfer hatte die Spitze erreicht. Er flog nicht in die Luft hinaus. Er kletterte kopfüber den schwindlig hohen Grashalm wieder herab.

»Warum bist du nicht losgeflogen?« fragte der Eidechs enttäuscht.

Der Käfer, der mit dem Kopf nach unten hing, schwitzte dicke, gelbliche Tropfen vor Anstrengung und verdrehte urkomisch die Augen. »Das ist ja gerade das Einmalige«, ächzte er. »Losfliegen kann jeder. Aber diesen Abstieg wage nur ich ...«

»Und was gewinnst du dadurch?« fragte der Eidechs amüsiert.

»Unglaublichen Ruhm«, ächzte der behäbige Käfer schwitzend.

»Aber die anderen sehen dich doch nicht!« rief der Eidechs, der sich umgeschaut hatte.

»Es genügt, wenn du ihnen davon erzählst«, hauchte der Käfer benommen. Das Blut staute sich in seinem Kopf. Er hielt sich mit allerletzter Kraft angeklammert.

»Du wirst abstürzen und dir den Hals brechen«, sagte der Eidechs und kaute mißmutig an einem vertrockneten Regenwurm herum. »Es ist schade um die Mühe und die Zeit, die du aufwendest«, fügte er hinzu.

»Was nützt es, jemandem zu erzählen, daß du irgendwann und irgendwo einen einmaligen Abstieg gewagt hast? Man glaubt doch nur, was man sieht …« Und er zerkaute den vertrockneten Regenwurm gänzlich. »Wenn nicht gleich etwas passiert …!« murmelte er und langweilte sich schrecklich.

Ein blaugepanzerter Käfer rannte auf einmal wild durch den Graswald.

»Der stürmt blindlings drauflos«, dachte der Eidechs, von einer merkwürdigen Unruhe ergriffen. »He, du! Achte besser auf den Weg!« rief er dem Käfer nach. Der schaute sich mitten im Laufen um und entgegnete hastig: »Auf den Weg achten? – Blödsinn! – Der ist doch eindeutig vorgezeichnet. – Der ist doch unumstößlich …« Dabei stieß er mit solcher Wucht an einen Stein, der zufällig dort lag, daß er in sich zusammenklappte und sich nicht mehr muckste.

»Wenn sich alle Käfer so töricht benehmen …«, überlegte der Eidechs und erinnerte sich nun wieder sehr deutlich an die Versammlung in der Eidechsenstadt. Eben wollte er eine bemerkenswerte Schlußfolgerung ziehen, da endete der Pfad. Auf einem sandigen Platz reckte sich ein großer, dunkler Strauch, an dem wilde Rosen blühten. »Eine Wolke mit Krallen!« rief der kleine Eidechs vor Verwunderung.

Oben beugten sich die wilden Rosen über den Rand des Strauches.

»Pü!« sagte die eine und wandte sich hochmütig ab.

»Er ist kein Mann von Welt«, meinte die zweite bedauernd.

»Huh, huh! Wolke mit Krallen!« schluchzte die dritte und konnte sich gar nicht mehr beruhigen.

»Verzeihung«, murmelte der Eidechs, der völlig durcheinandergeraten war. Hatte er nicht mit eigenen Augen gesehen, daß dunkle Wolken …? Er mußte etwas falsch gemacht haben. Es war das erste Mal, daß er den Blumen begegnete …

Eine Hitzewelle schlug über ihm zusammen, und bestimmt war er so rot geworden wie der gewaltig lodernde Sonnenball, den gerade der Horizont verschluckte. Es war eine Blamage!

Der Eidechs dachte verzweifelt: »Ein Königreich für ein Mause-
loch …!« In seiner Not schützte er bleierne Müdigkeit vor – suchte im
Sand zwischen zwei Steinen einen Ruheplatz und machte die Augen
zu.

III. Kapitel

Am anderen Morgen wachte er fröhlich auf, klappte die Augenlider von oben nach unten und sprang in die Sonne. »Guten Morgen!« rief er zu den wilden Rosen hinauf. Die waren noch ganz zerknittert.

»Schau nicht her, wir müssen uns erst zurechtmachen«, sagten sie verschämt und glühten leicht.

»Verzeihung«, murmelte der Eidechs und rutschte betroffen auf einer steilen Sandbahn den Hang hinunter bis an das Ufer des Forellenbaches.

Ihm gegenüber drängten sich in langer Reihe die Blumen, um sich den Schlummer aus den Augen zu waschen. Wie widerspruchsvoll sie doch waren! Auch hier begannen sie mit ihrer Morgentoilette. Aber sie taten das ungeniert. Sie waren sehr dürftig bekleidet. Doch diese Dürftigkeit machte ihren Reichtum aus … Sie hatten dem kleinen Eidechs einen flüchtigen Blick zugeworfen. Er lernte ihre Eitelkeit kennen. Die Blumen beugten sich wieder und wieder über den Wasserspiegel, um sich zu betrachten und an sich herumzuzupfen. Sie hätten es vielleicht den ganzen Tag getan – aber auch die Eitelkeit wirkt auf die Dauer ermüdend …

Die klaren Wellen glucksten und sprudelten währenddessen nur so über die rundgeschliffenen Kieselsteine und ein Regenbogen-Forellen-Männchen schnellte aus dem kühlen Wasser. Der Schwung war zu energisch gewesen und so vollführte es ungewollt einen doppelten Salto, vorwärts und rückwärts. Die großen Blumen winkten ihm mit seidigen Tüchern zu und das Forellen-Männchen zog sich geschickt aus der Affäre. Es verbeugte sich geschmeichelt. Hohe Wellen trugen es weiter …

»Bravo!« riefen auch die Dotterblumen und klatschten aufgeregt in ihre dicken Händchen. Eine von ihnen hatte die knallgelbe Schürze abgebunden und schwenkte sie begeistert.

Der Eidechs wurde angesteckt. Er sprang in die Luft, um ebenfalls einen doppelten Salto zu probieren. Vor Schreck darüber ließ die Dotterblume ihre knallgelbe Schürze los, die wie ein richtiges Boot auf den Wellen davonschwamm.

»Wie ihr seht, war ich beschäftigt«, ächzte eine Biene, die sich festklammerte und hinaufkroch.

Ein grasgrüner Frosch quakte dem Eidechs in die Ohren: »Sie weiß nichts anderes zu sagen. Sie ist ein Arbeitstier. Ihr ist Pflicht auferlegt worden – aber eine Pflicht, die ihr Dasein versüßt. Sie sammelt Honig. Dabei ist sie nun reingefallen …«

»Wie ihr seht, bin ich beschäftigt«, summte die Biene, die von der Sonne getrocknet wurde und eifrig ihren bräunlichen Pelz putzte.

Der Eidechs hörte nicht hin. Er überlegte: »Um nach drüben zu kommen, müßte ich auch ein Boot haben. Ich werde mir eine Brücke suchen.« Er hatte Erfolg. Ein fast abgebrochener Ast hing von einer der krummen Weiden, die am Bach standen, bis herüber.

Rasch turnte er auf der schaukelnden Brücke empor und hielt überrascht an. Der Forellenbach und die Wiese mit den Blumen lagen weit unter ihm. So ungefähr hätte der behäbige Käfer die Welt sehen müssen, wenn er losgeflogen wäre. Sie bot einen überwältigenden Anblick. Sie glich einem kostbaren Teppich. In allen erdenklichen Farben waren die gewagtesten Blumenmuster hineingewebt. Das Edelsteingefunkel der Tauperlen blendete fast schmerzhaft und prachtvolle Falter gaukelten vorüber.

Der Eidechs vergaß, wo er sich befand. Ihm war, als würden aus seinen Schultern Flügel wachsen. Immer mehr beugte er sich nach vorn …

Da begann die Brücke heftig zu schwanken. Sein Blick traf tief unten auf die schäumenden Wellen, die nur so dahinschossen und ihn gleichsam hinabziehen wollten … Der Bach, die Wiese, die Blumen und der Himmel drehten sich wie ein Karussell. Der Eidechs drückte entsetzt die Augen zu und verkrallte sich in der Rinde. Dann schob er sich Stück für Stück vorwärts. Unendlich langsam schien die Zeit zu vergehen … Endlich erreichte er vollkommen erschöpft die krumme Weide. Die war gänzlich ausgehöhlt und darin hockte ein weicher, weißlicher Federwusch, aus dem ein gebogener Schnabel herausguckte. Die Neugier vertrieb die ausgestandene Angst sofort. Der Eidechs gab dem Federwusch einen gehörigen Stups. Der regte sich schwerfällig und maulte verschlafen: »Ich verkaufe nur zu Bestechungspreisen …! Ist denn schon Abend?« Das also war so ein Geschäftsmann!

»Es ist Morgen und höchste Zeit zum Aufstehen!« provozierte ihn der Eidechs und gab dem Federwusch noch einen Stups.

»Laßt mich doch schlafen! Ich wickle meine Geschäfte nur nachts ab …«

»Und zu Bestechungspreisen!« sagte der Eidechs entrüstet. »Das ist etwas sehr Verwerfliches! – Hast du denn gar kein Gewissen?«

»Wozu sollte ich denn eins haben? – Das wäre doch überflüssiger Ballast«, maulte der Federwusch und setzte gähnend hinzu: »Nachts ist alles so schön grau. Da kann ich farbenblind sein, wie ich will. Da sieht auch ein anderer nicht, ob ich blaß oder rot werde ...« Und schon war er wieder eingeschlafen.

»Ein komischer Kauz, der die Sonne verpaßt. Und außerdem war das eine dumme Ausrede«, sagte der Eidechs überzeugt und kletterte flink den Stamm hinab.

Der kleinen Dotterblume kullerten die Tränen aus den Augen – und die anderen Dotterblumen standen um sie herum und kicherten albern.

»Ohne Schürze siehst du viel hübscher aus«, tröstete der Eidechs die Kleine.

»Wirklich?« fragte sie und wischte die Tränen ab.

Als er sich zufällig noch einmal umdrehte, traute er seinen Augen nicht. Alle anderen Dotterblumen rissen sich mit einem Ruck die Schürzen herunter und warfen sie in den Forellenbach. Eine ganze Flotte von gelben Booten segelte auf den Wellen.

Verwirrt rannte der Eidechs am Ufer entlang. »Ich werde wohl die Blumen nie verstehen können«, sagte er sich bestürzt. »Sie sind voller Überraschungen. Man kann sich nicht auf sie einstellen. Sie wechseln ihre Launen so oft ...«

Auf der Wiese tanzten die großen Blumen mit den Schmetterlingen. Der Tanzmeister, ein Augenfalter, hüpfte ihnen zierlich die Schritte vor.

Vor den Blumen verbeugten sich die Schmetterlinge und sagten: »Darf ich bitten?« Dann wurden sie aus den Augenwinkeln heraus kritisch gemustert und wenn sie elegant genug waren und den Blumen gefielen, sagten die:

»Bitte!«

Gleich am Bachrand, neben dem Eidechs, blühte eine blaßblaue Blume. Ein Falter machte vor ihr eine äußerst knappe Verbeugung.

»Vergiß-mein-nicht«, stellte sich die Blume vor.

»Jetzt tanzen sie …«, dachte der Eidechs.

Plötzlich flatterte der Falter wieder fort. »Nein, nein!« gab er über die Flügel zurück. Er mußte die Blume falsch verstanden haben.

Das Vergißmeinnicht war um einen Schein blasser geworden. »Wie schick er ist«, flüsterte es. »Wie ihm das blaue Ordensband steht und die zwei rubinroten Punkte …!« Die Stimme der Blume bekam einen schwärmerischen Ausdruck:

»Seine beiden Flügelzacken sind ein wirklicher Schwalbenschwanz. Sicher ist er ein Marquis mit einem verbürgten Adelsbrief und einem verbrieften Lustschloß. – Vielleicht ist er auch ein Millionär …« Die blaßblaue Blume wurde dunkelblau vor Aufregung. »Bestimmt kommt er gleich zurück. Er ist der interessanteste Falter, den es für mich auf der Erde gibt …!«

Der kleine Eidechs wurde Zeuge einer Tragödie. Er sah ganz genau, wie der Schwalbenschwanz eine leuchtendrote Blume in den Reigen führte. »Soll ich mit dir tanzen?« fragte er die dunkelblaue Blume, weil er ihr helfen wollte.

»Er ist mein Ideal …«, sagte das Vergißmeinnicht und war sehr blaß. »Ich könnte ihn eifersüchtig machen, wenn ich mit dir tanzen würde.« Und sie schaute den Eidechs prüfend an … »Aber es ist leider unmöglich. Du hast keine Flügel«, flüsterte sie traurig.

Ihm wurde seltsam zumute und er seufzte: »Ach, wenn ich nur Flügel hätte …« Wie seine Neugier erfüllte ihn auch dieses Gefühl vom Kopf bis in die Zehenkrallen. Er hätte jauchzen oder schluchzen können – oder beides gleichzeitig. Es war undefinierbar …

Die blaßblaue Blume seufzte ebenfalls und schaute ihn sehr freundlich an. Ganz versonnen wanderte er in die Wiese hinein. Er träumte ein bißchen dabei. Und zuerst nahm er den wunderbaren Gesang, der so sacht aus der Ferne herüberwehte, nur unbewußt wahr. Seine Gemütsstimmung paßte so dazu …

Die Töne zogen näher, wurden deutlicher, spannen ihn in ihren Zauber ein – doch schließlich weckte ihn ein lautes Trällern aus seinen Träumen. Auf einem starken Binsenstengel wippte ein hübscher Vogel, der den Kopf schief gelegt hatte, als lausche er seinem eigenen Lied.

»Wer bist du?« fragte der Eidechs, den eine große, stille Heiterkeit durchdrang.

»Eine Grasmücke«, antwortete der Vogel und wollte weitersingen.

»Eine was?« schrie der Eidechs mit erstarrten Augen.

»Ich sagte es doch, eine Grasmücke«, wiederholte der Vogel spöttisch.

»Dein Gesang ist so erheiternd«, sagte der Eidechs. »Meine Mitechsen wissen nichts von dir. Sie halten endlose Reden, die sie hungrig und böse machen. Sie bilden sich ein, Drachen zu sein und dich fressen zu können. Sie glaubten auch der niedlichen Eidechse nicht.«

Er versank in tiefes Nachdenken. Und da machte er eine neue Entdeckung: Er war für andere verantwortlich! Und er zog die Schlußfolgerung, die er fast schon gezogen hätte, als der blaugepanzerte Käfer so blindlings drauflosstürmte …

»Meine Mitechsen leiden unter einem schlimmen Irrtum. Sie müssen unbedingt die Wahrheit erfahren. Ich würde zu lange dazu brauchen und zu spät kommen … Wenn du zu ihnen fliegst und dein Lied singst, finden sie noch rechtzeitig zu sich selbst zurück und können sich wieder freuen.«

Er hielt nichts von hervorragenden Reden – er hielt nur etwas von der Tat, die getan werden mußte. Sie allein konnte die Vernunft anspornen. Die Grasmücke war die auslösende Kraft. Doch Eile tat not …! Nichts konnte verderblicher sein als eine langdauernde Gewöhnung an Gift.

»Wer unter einem schlimmen Irrtum leidet, sollte allerdings die Wahrheit erfahren«, überlegte die Grasmücke mit schiefgelegtem Köpfchen. »Vielleicht hast du nicht unrecht …«

»Halt! Halt!« schrie der Eidechs, als er sah, daß die Grasmücke Reisevorbereitungen traf. Ihn durchfuhr es siedendheiß. »Grüße vor allem meine Eidechse von mir. Ich liebe sie mehr als die Sonne, die das ganze Leben doch erst wertvoll und schön macht. Sag ihr, daß ich mich wirklich sehr beeile!«

Die Grasmücke betrachtete ihn nachdenklich, nickte dann mehrmals mit ihrem Köpfchen – und schnurstracks flog sie in Richtung des ehemaligen, majestätischen Schlosses.

IV. Kapitel

Der kleine Eidechs geriet vor Freude außer Rand und Band. Er flitzte nur so durch die Wiese und machte die tollsten Luftsprünge. Doch die roten Marienkäfer mit den schwarzen Punkten auf dem Rücken – vor allem aber die behäbigen und die blaugepanzerten Käfer sahen sich bedeutsam an, tippten mit den Fühlern an die Stirnen und tuschelten aufgeregt: »Der Eidechs ist verrückt geworden …!«

Den störte das gar nicht. Im Nu war er auf einer Lichtung angelangt. Eine Menge Baumstubben gab es dort. Manche waren noch frisch und ihre Jahresringe konnten lange Geschichten erzählen. Andere Baumstubben wieder zerfielen schon modrig. Darüber war Gras gewachsen … Der Fingerhut blühte violettgesprenkelt, die Hummeln brummten und die warme Luft duftete förmlich nach harzigem Holz. Rings schloß der Wald die Lichtung ein – so turmhoch und dunkelgrün samtig.

Der Eidechs freute sich einfach und machte seine Luftsprünge. Auf einmal sah er die Ameisen. Schrecklich viele hasteten vor ihm über den Weg. »Brennt es?« fragte er besorgt.

»Wir bauen eine neue Stadt!« erwiderten die Ameisen fröhlich.

Jetzt bemerkte er, was sie alles mit sich schleppten: Tannennadeln, Rinden-, Ast- und Wurzelstückchen und sogar Steine waren es. Interessiert beobachtete er ihre Kraft und Geschicklichkeit.

Als die Ameisen vorbeigezogen waren, peinigte die Neugier. Er nahm Anlauf, sprang auf den nächsten Baumstubben und hielt Ausschau.

Unweit von ihm wuchs die neue Stadt der Ameisen als mächtige Pyramide an. Säulen und Dächer wurden errichtet. Die Häuser ragten kühn mit ihren Stockwerken immer höher. Und alle hatten offene Fenster und Türen. Und die vielen, vielen Straßen, die die Stadt durchzogen, führten geradlinig von einem zum anderen. Der fröhliche Lärm schallte bis herüber.

»Ob meine Mitechsen auch bald so lustig sein können?« dachte der Eidechs beklommen.

Die Ameisen tummelten sich geschäftig. Und noch ehe die Außenmauern das Gekribbel in der Stadt verdeckten, legten schon die Ammen die Ameisenbabys in die Wiegen und fütterten sie. Das geschah so geschwind und sicher und selbstverständlich. Es waren tüchtige Handwerker, die dort bauten und es waren tüchtige Ammen, die den Ameisenstaat zusammenhielten …

»Versprich mir, daß du mich nicht verraten wirst …!« brüllte eine Stimme.

Der Eidechs hatte sich eben Sorgen um die Grasmücke gemacht. »Wenn nun die Vorfahren wirklich Drachen …?«

»Versprich mir, daß du mich nicht verraten wirst …!« ärgerte ihn die Stimme.

Widerwillig blickte er auf. Eine Gestalt, etwas größer als die Ameisen und mit einer noch etwas größeren Beißzange bewaffnet, stand vor ihm.

»Ich bin ein Löwe! Ich bin der König, dem alle gehorchen müssen!« brüllte der Ameisenlöwe und nahm seine imposanteste Drohhaltung ein. »Versprich mir, daß du mich nicht verraten wirst …!« wiederholte er ein drittes Mal.

»Meinetwegen, ja«, murmelte der Eidechs, schon wieder ganz abwesend. Aber dann besann er sich. »Warum soll ich dich nicht verraten?« rief er dem Ameisenlöwen hinterher.

»Das wirst du gleich erfahren!« brüllte der und drehte sich unerhört schnell im Kreis. Der Sand stiebte, und schon bohrte sich ein tiefer Trichter mitten in die Straße hinein. Ganz unten, an der Spitze, saß der Ameisenlöwe und hielt die Zange bereit.

»Bei dir scheint doch aber keine Sonne …«, gab der Eidechs zu bedenken.

»Was geht mich die Sonne an!« brüllte der Löwe. »Ameisen will ich fressen! Möglichst alle!«

Der Eidechs erschrak heftig. Dann holte er Luft und rief aufgebracht: »Du willst Böses tun! Ich werde …«

»Versprochen ist versprochen!« unterbrach ihn der Löwe grollend.

Das war wahr. Der Eidechs hatte leichtfertig sein Versprechen gegeben. Er hatte sich nicht vorher erkundigt, wofür. Hilfesuchend schaute er sich um. Schon wieder kam ein Trupp der Ameisen herangezogen.

»Gib mir einen Rat«, bat er die Biene, die vorbeiflog.

»Wie du siehst, bin ich beschäftigt«, summte die Biene und entfernte sich.

Der kleine Eidechs mußte seinen Gewissenskonflikt mit sich ganz allein ausfechten … Seine Gedanken überstürzten sich: »Die Ameisen dürfen keinesfalls gefressen werden! Sie bauen eine neue Stadt und sind so lebensfroh. – Wie kann ich mein Versprechen zurücknehmen, ohne wortbrüchig zu werden? Was soll ich bloß tun …?«

Als es beinah zu spät war und er schon nicht mehr ein noch aus wußte, durchblitzte ihn endlich eine Idee. Er hielt die Schar der Ameisen an und warnte sie:

»Da vorn in der Straße ist ein gefährliches Schlagloch. Wenn ihr lange Balken darüber legt, könnt ihr unbesorgt weiterlaufen.«

Die Ameisen überzeugten sich von der Richtigkeit, wunderten sich ein bißchen darüber und deckten den Trichter mit ihren Balken zu. Darauf bedankten sie sich fröhlich und eilten nach der Stadt.

Aus seiner Grube aber brüllte der Löwe kläglich: »Was macht ihr denn? Wie kann ich jetzt eine Jungfer werden?«

»Nun hat er sich selber verraten«, dachte der Eidechs erleichtert. »Aber warum will er eine Jungfer werden, wenn er ein Löwe ist …?«

Ein seltsames Geräusch lenkte ihn ab. Am Rand der Lichtung dehnte eine uralte Eiche Äste und Zweige, bis die in den Gelenken knackten.

»Mir steckt das Sonnenwetter im Bast«, rauschte sie. »Ich fühle mich um hundert Jahre jünger!« Plötzlich schlug sie mit einem Zweig an den grobborkigen Stamm.

»Es juckt so merkwürdig. Das ist doch nicht etwa ...? Hallo, Meister Specht! Hallo!«

Der kam eilfertig angeschwirrt. »Wo fehlt's denn?« erkundigte er sich und nahm die Borke unter die Lupe.

»Da, wo ich mit dem Zweig hinschlage! Nein! Weiter oben!« dirigierte sie ihn.

Und der Specht hackte mit seinem langen, spitzen Schnabel so munter drauflos, daß die Holzstücke nur so purzelten.

»Ruinier mir bitte nicht die Borke«, bat ihn ängstlich die Eiche.

»Wo gehobelt wird, fallen Späne«, entgegnete der Schwarzspecht mit hochrotem Kopf. Und das war so seine Redensart. »Das Übel sitzt immer unter der Rinde. Äußerlich ist nie viel zu bemerken ...«, knurrte er noch dazu. Schon hatte er eine faltendicke, weißliche Larve erwischt, die ihm empört ihr hartes, braunes Vorderteil zuwandte.

»Laß mich sofort los!« kreischte sie. »Aus mir soll schließlich mal ein Eichenheldbock werden!« Sie war sehr kriegerisch. Sie sah sich schon mit Eichenlaub dekoriert ... Sie rechnete nun mit einer Ehrenbezeugung. Sie verrechnete sich. Der Specht schluckte sie, ohne ein unnötiges Wort zu verlieren. Dann versetzte er unwirsch: »Wo gehobelt wird, fallen Späne. Schöner Held! Phantasiert von unsterblichen Taten und hat es doch nur auf das einträgliche Kernholz abgesehen ...«

»Du kannst bei mir wohnen, wenn du gut aufpaßt«, bot ihm die Stieleiche mit ihrer angenehmen Altstimme an und klimperte mit den langgestielten Früchten.

»Das war schon immer mein Wunschtraum«, sagte der Schwarzspecht und dankte ihr vielmals mit hochrotem Kopf.

»Man muß wissen, was man seiner Gesundheit schuldig ist«, rauschte wirkungsvoll die Stieleiche. Sie war einen Augenblick still, rauschte dann um so stärker und wandte sich an den kleinen Eidechs: »Hast du gesehen, wie eilig er es hatte? – Und wie er rot geworden ist? – Nein! So ein Schwerenöter!«

Sie langte sich einen Ast her, dessen Blätter eine einzige Fläche bildeten, rieb die blank und spiegelte sich darin. Sie reckte ihre Zweige, bewegte sich hin und her und begann vor sich hin zu summen und zu säuseln – und es knarrte und krachte schrecklich …

Der Eidechs staunte mit offenem Mund, wie sich die uralte Eiche aufführte und wie sie mit den gestielten Früchten klimperte. Allmählich veränderte sie sich eigenartig. Ihr Grün dunkelte nach, in immer düsteren Tönungen, bis sie sich völlig schwarz vor dem helleren Himmel bewegte. Ein kalter Strom floß über den Eidechs hinweg. Er hatte den Sonnenuntergang verpaßt und sich keinen Ort zum Schlafen gesucht. Nun konnte er sich nicht mehr rühren. Er lag auf seinem Baumstubben, und hinter der Eiche rollte ein prächtiger, roter Ball hervor.

»Die Sonne!« dachte der Eidechs. »Gleich werde ich wieder loslaufen.«

Aber der runde Ball rollte weiter, wurde immer kälter und bald glitzerte er wie Eis. Die Waldbäume warfen lange Schatten, und ein kurzer Schatten schwebte über die Lichtung. Auf dem benachbarten Baumstubben ließ er sich nieder. Der Eidechs erkannte den weißlichen Federwusch, der in der ausgehöhlten Weide gehockt hatte. Mühsam dachte er: »Ein Geschäftsmann hat es gut. Der behauptet sich – auch wenn die Temperatur fällt …«

»Ach, bin ich noch müde«, klagte der mit weinerlicher Stimme. »Ich habe geträumt, ich wäre geweckt worden – und die Sonne hätte es an den Tag gebracht. Das würde mich meine Farbenblindheit gekostet haben. Es war furchtbar!«

Er sah den Eidechs durchdringend an, schwang sich in die Luft und rief: »Komm mit! – Komm mit!«

Der kleine Eidechs verspürte ganz stark den Wunsch, auch loszufliegen. Er konnte es nicht.

In der Ferne war noch immer der Ruf zu hören: »Komm mit! – Komm mit!«

Ein durchsichtiger Schleier sank auf den Boden. Alle Gegenstände wurden unwirklich und flossen in ein geheimnisvolles Meer ... Die Nacht verging. Das graue Meer wogte auf und ab und langsam auseinander.

Auf einmal fühlte sich der Eidechs erfaßt und emporgetragen. Er träumte doch nicht! Die uralte Eiche rückte ganz nah. Jetzt glitt er über den tausendblättrigen Wipfel hinweg. Die Waldbäume ragten wie Bergspitzen aus dem Meer. Am Horizont brach sich ein heller Schein Bahn, rötliche Wolken zogen eilig dahin und die Sonne ging auf.

»Der Nebel hat mir Flügel geschenkt«, dachte der Eidechs, »ich fliege genau in die Sonne.« Je höher er getragen wurde, um so mehr empfand er das Fliegen als die Erfüllung aller Wünsche. Nur noch so groß wie ein Tuch war die Blumenwiese; der Forellenbach schlängelte sich als dünne, silbrige Blindschleiche hindurch; und auf einem Hügel befand sich ein dunkler Fleck mit schwachglühenden Punkten. Das waren die wilden Rosen, die ihre Blütenblätter glattstrichen ...

»Fliege ich gleich zu ihnen oder erst zu der blaßblauen Blume..?« überlegte der Eidechs. Der warme Atem der Sonne erreichte ihn. Er spürte, wie die Starrheit von ihm wich und wie er seinen Kopf bewegen konnte.

»Ich fliege! Ich habe helle, starke Flügel bekommen!« jauchzte er.

Da dröhnte eine rauhe Stimme: »Dieser Nichts bildet sich ein, fliegen zu können. Ha! Ha!«

Der Eidechs blickte nach oben – eine große, dunkle Wolke hing über ihm mit einem riesigen, dolchartigen Schnabel und er merkte, daß

ihn ungeheure Krallen festhielten. »Die Wolke mit Krallen!« dachte er erschrocken und verlor das Bewußtsein.

Die rauhe Stimme weckte ihn wieder auf. »Dieser Nichts!« dröhnte sie. »Wenn ich ihn gefressen habe, wird ihm das Fliegen vergangen sein ...!«

Der Eidechs sah, daß die große, dunkle Wolke ein Vogel war, der ihn gefangen hielt und sich auf einen knorrigen Baum niederließ.

Nun suchte sich der riesenhafte Vogel auf einem verdorrten Ast eine günstige Stelle und schlug mit den düsteren Flügeln, um das Gleichgewicht zu halten. In diesem Moment traf ein glühender Sonnenstrahl den Eidechs, der machte eine blitzschnelle Bewegung, rutschte zwischen den ungeheuren Krallen hindurch und stürzte kopfüber hinab.

Unter ihm hatte eine Spinne ihr kunstvolles Netz ausgespannt.

»Ich halte dich auf!« rief sie geistesgegenwärtig und straffte das Netz. Der Eidechs schlug hinein, es federte mächtig, zerriß – und dann gab es einen entsetzlichen Platsch ...

V. Kapitel

Am Eidechsenberg, der felsig und grasbewachsen bis zu einem nie-
dergebrochenen Zaun, einigen kleineren Büschen, Bäumen und
Sträuchern und einem großen, knorrigen Ahorn anstieg, kamen die
Eidechsen aus ihren Wohnungen, um sich guten Morgen zu sagen.

Auf eine lehmbraune Pfütze, die vom letzten Regen übriggeblieben
war, zeichneten die Sonnenstrahlen blinkende Kreise, die sich auf einmal regten und gleichmäßige Wellen wurden. Aus dem Wasser kroch
ein eigentümliches, lehmverschmiertes Wesen.

»Ein Dreckmolch!« schrien die Eidechsen erfreut, schlugen die Vor-
derfüße über den Köpfen zusammen und bestaunten die Seltenheit
gehörig.

»Ich möchte gern ein Vollbad nehmen«, sagte der Dreckmolch und
machte mühselige Gehversuche.

»Bitte sehr!« beeilte sich eine ältere Eidechsendame und zeigte ihm
den Weg.

»Das ist unsere Dusche«, erklärte sie.

Aus dem Berg sprudelte ein Quell und sprühte über einen größeren
Felsbrocken herunter.

»Wie schade, bloß ein Eidechs!« dachten alle und sahen ihn mißtrau-
isch an, als er leichtfüßig und erfrischt zurückkehrte.

Im Schatten eines beachtlichen Fliegenpilzes ruhte vor ihrem Bun-
galow eine grünschillernde Smaragdeidechse und nippte an süßem
Fruchtsaft. Sie besaß das umfangreichste und beste Gelände des
Berges. Sie konnte es sich leisten. Sie zeigte ihre Smaragde überall
herum. Sie pflegte zu betonen: »Mein Vater hat noch mehr davon ...!«
Schnell fuhr sie mit der Zunge über ihr Mäulchen, leckte es ab und
ereiferte sich in spitzem Ton: »Mein Vater hat noch mehr davon! Du
aber hast nur ein dunkles Netzmuster auf deinem rotbraunen Rücken

und deine Seiten sind blaugefleckt. Ich kann mich natürlich täuschen – doch ich behaupte, du bist ein ganz gewöhnlicher Mauereidechs! Warum belästigst du uns?«

»Warum belästigst du uns?« wiederholten alle anderen.

Der kleine Eidechs wußte nicht, was er davon halten sollte. Er hatte einen schöneren Empfang erlebt. Er schämte sich ein wenig, daß er in der Gewalt des dunklen Vogels gewesen war, aber er gab es nicht zu. Er konnte nichts dafür. Die Blumen hatten in ihm das Gefühl für das Fliegen geweckt. Er war durch die Luft getragen worden und hatte sich seinen Landeplatz nicht aussuchen können.

»Mir werden Flügel wachsen«, sagte er.

»Flügel? – Am Ende wird unser Berg doch eine Besonderheit. – Geflügelte Eidechsen gab es noch nie!« überlegte die Smaragdeidechse. »Ein ganz außergewöhnlicher Mauereidechs, meinte ich«, beteuerte sie und lächelte süß …

Dieser ständige Wechsel verblüffte und beunruhigte ihn dermaßen, daß er die Augen schließen mußte. Sein Glauben war gründlich ins Wanken geraten. Was er bisher erlebt hatte, ähnelte verzweifelt den Vorgängen in seiner Eidechsenstadt. Er hätte unverzüglich zurücklaufen sollen. Aber er dachte an seine letzte Entdeckung … »Darf ich so lange bleiben?« fragte er.

»Selbstverständlich!« versicherten alle wie aus einem Mäulchen. Und die Smaragdeidechse hakte sich sogar bei ihm unter.

»Die anderen haben ihren Zaun. Sie müßten eine Mauer bekommen, mein Herr. Wenn Ihnen diese Säule genügt ...?« Sie deutete auf ein gerieftes Stück Marmor, das in längst vergangenen Zeiten zu einem Pavillon gehört hatte. »Antik ist gerade in Mode«, sagte sie.

Der Eidechs sonnte sich gleich auf seiner Veranda. Er wollte dabei die Augen von unten nach oben schließen – doch der Horizont, der sich so klar abzeichnete, fesselte ihn auf eine unerklärbare Art – und das gewaltige Gefühl, das in seinem engen Körper erwacht und noch darin gefangen war, gönnte ihm keine Ruhe. »Ich glaube, mir wachsen die Flügel schon! Ich will auf einen der Bäume klettern, um sofort recht hoch zu fliegen.«

Und er flitzte die Serpentinen entlang, die zur Kuppe des Berges führten. Unterwegs grüßte er alle Welt und war ausgesprochen übermütig.

»Wie heißt du?« fragte er keck eine Blume, die im Licht badete.

Sie wandte sich nach ihm mit den unergründlichsten Blumenaugen um, die ein Eidechs je gesehen hatte. Es war wie ein Wunder ...

»Goldstern, du bist fast so schön wie meine Eidechse!« rief er und blieb wie festgebannt stehen. Die Sehnsucht in ihm wurde größer und größer. »Mir werden helle, starke Flügel wachsen – und ...« Er wußte nicht weiter. Die Blume sah ihn still mit den unergründlichen Augen an.

VI. Kapitel

Der kleine Eidechs hatte die Flucht ergriffen. Das machte ihn traurig. Er kam sich so verlassen vor. »Wenn mir Flügel gewachsen sind, werde ich zu meiner Eidechse zurückfliegen«, sagte er und wurde sehr schwermütig.

Da ertönte der wunderbare Gesang. Seine Schwermut löste sich sacht auf; eine große, stille Heiterkeit durchdrang ihn. Vor ihm saß die Grasmücke, die zurückgekehrt war.

»Du hattest nicht unrecht«, begann sie. »Deine Mitechsen litten unter einem schlimmen Irrtum.« Und sie hielt ihr Köpfchen schief. »Die hervorragenden Redner wollten nichts hören. Sie waren so verblendet, daß sie einen Raubvogel mit mir verwechselten. Für ihn waren sie ein gefundenes Fressen …! – Aber die anderen hatten sich schon angesteckt. Sie wären ebenfalls blindlings in die Gefahr gelaufen. Nun sind ihnen die Schuppen von den Augen gefallen und sie schämen sich.«

Die Grasmücke probierte den Anfang eines neuen Liedes und ergänzte: »Deine Mitechsen haben die goldene Trinkschale in einen Spalt geworfen, der so tief ist, daß keine Aussicht besteht, sie könne wieder auftauchen. Sie haben auch die vielen Hinweisschilder entfernt und ihre Straßen nach der Sonne, dem Wind und den Blumen benannt. Sie wissen jetzt, wo sie zu Hause sind.«

Dem Eidechs fiel ein Stein vom Herzen.

»Daß du auf den Gedanken kamst, anderen helfen zu wollen und mich deshalb losschicktest, brachte den schönsten Erfolg«, flötete die Grasmücke und sie sang ihr Lied.

Es lag also nicht an der Vorsehung, daß man böse sein mußte. Die Tat veränderte alles! Der kleine Eidechs hätte unerhört glücklich sein können. Aber das Wichtigste hatte er noch nicht erfahren.

»Bist du meiner Eidechse begegnet?« fragte er nach einem schweren Atemzug. Die Grasmücke wurde wieder sehr ernsthaft und nachdenklich. »Ich habe mit ihr gesprochen«, bestätigte sie. »Es tut ihr furchtbar leid, daß sie dir deinen Traum zerstören muß. Sie empfindet Zuneigung zu dir – doch keine Liebe.«

Der kleine Eidechs wurde totenblaß. Ganz langsam versuchte er sich aufzurichten, so gut es ging. »Zuneigung ist viel kostbarer als Liebe«, sagte er mit veränderter, rauher Stimme.

Die Grasmücke hielt ihr Köpfchen wieder schief.

»Liebe ist wie ein Feuer, das immer größer wird und alles verbrennt. Und zum Schluß bleibt nur ein wenig schwarze, kalte Asche übrig.« Der kleine Eidechs tröstete sich mehr und mehr: »Ich glaube fest daran, daß Zuneigung und Liebe einmal eins werden und ewig bestehen.«

Die Grasmücke saß in ihrem Nest und trällerte eine lustige Melodie.

Manche Tage vergingen. Bald warteten die anderen nicht mehr nur ungeduldig auf die Besonderheit ihres Berges. Sie freuten sich, wenn sie den Eidechs sahen. Sie waren seine Freunde geworden.

Und weil man Freunden gegenüber nicht an Herzdrücken sterben muß, stellte er sie zur Rede: »Warum hat niemand von euch eine eigene Meinung?« fragte er.

Sie sahen ihn verständnislos an. »Ist die denn so wichtig? – Und außerdem ist Nachdenken zu anstrengend«, meinte zögernd eine Eidechse und spiegelte sich in einer Glasscherbe. »Wenn irgend jemand für uns denkt, ist es bequemer und erspart viel Mühe. Wir brauchen uns nur dem Vorgedachten anzuschließen …«

»Warum aber nur dem der Smaragdeidechse?«

In ihrer Verlegenheit gestanden sie ihm: »Wegen der Smaragde…« Und sie drucksten herum: »Verstehe doch! Ihr Vater hat noch mehr davon …«

Da erzählte er ihnen die Geschichte seiner Mitechsen.

Die Zauneidechsen erschraken ordentlich und dachten zum ersten Mal richtig nach. »Es ist doch nicht so anstrengend!« riefen sie und waren von sich selbst überwältigt, was sie so alles denken konnten… Von nun an bildete sich jede ihre eigene Meinung. Wenn eine von ihnen in den alten Fehler verfallen wollte, rückten sie sie zurecht. Und sie dankten dem kleinen Eidechs dafür, daß er ihnen die Augen geöffnet hatte.

Weil aber seine Flügel jeden Moment wachsen konnten, wollte er mit sich allein sein, wenn es geschehen würde. So waren ihm die unbegangenen Wege am liebsten …

Indessen hatte sich die Smaragdeidechse dermaßen ins Grübeln vertieft, daß sie sogar dem süßesten Fruchtsaft keinerlei Beachtung widmete. Dann aber wurde sie auffällig rege. »Mein Vater hat noch mehr davon! – Damit werde ich das verlorene Ansehen zurückkaufen …!« Und sie begab sich in Eile nach dem Nachtschatten des Berges. Dort wohnte die Höllenotter. Die Smaragdeidechse hatte etwas Bestimmtes mit ihr zu tuscheln. Und man hörte ab und zu ein schreckliches Zischen …

Der kleine Eidechs war ahnungslos.

»Halte deine Augen offen und träume nicht!« warnten ihn die Zauneidechsen. Vor ihm raschelte es. »Der Igel!« erschrak er und machte einen förmlichen Satz hinter einen krummen Baumstamm. Er hatte tatsächlich geträumt …

Der Igel schüttelte seinen Stachelpanzer und rollte sich hastig zu einer kugeligen Stachelfestung ein.

»Ich fresse Igel, Eidechsen und Mäuse!« bellte der Fuchs und schlich um den Igel herum.

»Bleibe lieber bei den Wühlmäusen, da bist du nützlicher!« rief der Eidechs mutig, denn er schlängelte sich eben auf einen hohen Ast. Der Fuchs schätzte die Höhe ab. »Eidechsen mag ich nicht«, bellte er abfällig. »Ich fresse Igel!« Und er schlug mit der Pfote nach dem

Stachelpanzer. »Au!« keckerte er wütend. »Ich werde ihn in die Pfütze werfen!« Er scharrte die Erde an der Seite des Igels fort.

»Schnell einen Trichter! Schnell!« schrie der Eidechs in Panik, dem der Igel leid tat.

VII. Kapitel

»Aber nur geborgt«, murrte der Trichterwickler, der ein Blatt eben erst gewickelt hatte.

Der Eidechs hob den Trichter an – und gerade, wie der Fuchs den Igel in die Pfütze werfen wollte, schrie er hindurch, daß es nur so schallte: »Achtung! Der Förster mit seinem doppelläufigen Gewehr!« Der Fuchs fuhr hoch und Hals über Kopf in seinen Bau ein. Glücklicherweise überzeugte er sich nicht einmal …

»Ach, ich danke dir ja so«, jappste der Igel und atmete heftig. Er streckte seine blanke Nase unter dem Stachelpanzer hervor und sah sich mit seinen Knopfaugen um. »Wo bleibt denn aber der Förster mit seiner Doppelläufigen?«

»Ich weiß es nicht«, gestand bedrückt der kleine Eidechs, »es war eine Notlüge.«

»Notlügen sind nicht ganz so schlimm, wenn sie jemandem helfen«, tröstete der Igel. »Wenn du mal in Not bist …« Er schüttelte seinen Stachelpanzer und raschelte unter seinen sperrigen Strauch.

Der Eidechs spazierte lustig weiter. Wo der wilde Kümmel seine Schirmstände breitete, sirrten die Schlupfwespen.

»Was haben sie nur?« dachte der Eidechs.

»Eine Raupe!« rief die vorderste. – »Wir wollen sie anbohren«, sirrten die anderen und zielten mit ihren Legebohrern nach der Raupe.

Die stülpte plötzlich zwei gelbrote Schreckhörner heraus, und ein betäubender Kümmelgeruch geriet ihnen in die Nasen.

»Hatschi!« sagte die eine Schlupfwespe. »Hatschi!« wiederholten die anderen.

»Wir bleiben lieber bei unserem Kohl …!«

»Aus Ihnen wird bestimmt etwas! Darf man fragen?« erkundigte sich der Eidechs.

»Ein Schwalbenschwanz!« entgegnete hochmütig die Raupe und knabberte an einem Kümmelblatt.

Der Eidechs staunte: »Ach! Sie werden so einer, der nur eine äußerst knappe Verbeugung machen kann und eine Tragödie heraufbeschwört ...?«

»Wer sagt das?« Die Raupe schnellte vor und stülpte die Schreckhörner halb heraus.

»Es spricht sich herum!« rief der Eidechs und sauste davon, weil die Raupe ihre gelbroten Schreckhörner ganz herausgestülpt hatte.

»Ung! Ung!«, läutete ein Glöckchen – und die Unke winkte ihn zu ihrer Wohnung.

»Du mußt dich rasch verbergen! Die Schlange, die schwarze Höllenotter, sucht nach dir. Ihr Gift verträgt es nicht, daß du so viele Freunde hast und daß dir Flügel wachsen wollen.«

»Sie unken ja, Frau Gelbbauch«, lachte der Eidechs. Er dachte bei sich: »Sie leidet auch unter einem Irrtum. Es gibt doch gar keine Schlangen, sondern nur Blindschleichen, die eine Lautverschiebung durchgemacht haben und mit mir verwandt sind.«

Er war, was ihn selbst anging, noch so rührend naiv und glaubte an nichts Schlechtes …

»Ung! Ung!«, läutete warnend das Glöckchen. Eine dunkle Wolke zog auf und schon regnete es.

»Ich muß mich unterstellen!« Der Eidechs huschte zu einer dicken Baumwurzel, die sich anständig wölbte. »Eine schöne Wartehalle ist das«, sagte er und lehnte sich bequem an.

Plitsch! Platsch! zersprangen die letzten Regentropfen. Er wollte gerade wieder in den Sonnenschein spazieren, da bewegte sich die Baumwurzel und die schwärzeste Höllenotter, die man sich vorstellen kann, richtete sich auf.

»Ssss! Ein außergewöhnliches Zusammentreffen. Ich habe schon nach dir gesucht …« Und sie entringelte sich langsam zu ihrer vollen Größe. »Ich bin von Kopf bis zum Schwanz schwärzer als eine normale Höllenotter. Ssss! Siehst du mich noch?«

»Ja«, sagte der Eidechs. Er sah keinen Ausweg mehr. »Frau Gelbbauch hat doch nicht geunkt. Leb wohl, du mein Traum«, dachte er noch. Er war groß geworden und hatte Größeres vollbracht: die Tat, die immer getan werden mußte … Und er hatte das wunderbarste Gefühl entdeckt. Doch die Liebe zu seiner Eidechse war noch im Erwachen. Sollte er nicht mehr erhoffen dürfen ..?

»Ich werde dich und dein Gefühl jetzt vergiften – dein Gefühl besonders!« zischte die Schlange. »Ssss! Ich will es kurz …«

Sie bäumte sich wild auf, und der Eidechs preßte die Augen zu.

»Misch dich nicht in meine Angelegenheiten!« hörte er die Höllenotter plötzlich außer sich zischen.

Er schaute hin und sah, daß der Igel sie in den Schwanz gebissen hatte.

»Ssss! Scher dich weg – oder ich vergifte dich auch!« zischte die Schlange.

Der Igel aber verbiß sich gänzlich und rollte sich zu seiner kugeligen Stachelfestung ein.

Auf und ab schwankte der Züngelkopf und dann stieß er rasend zu.

»Ssss!« zischte die Höllenotter.

»Er hat sich für mich geopfert«, sagte betrübt der Eidechs.

»Frau Gelbbauch schickte mich hinter dir her«, sagte der Igel, dessen Stacheln von dem Gift ganz schwarz geworden waren … Er streckte die blankgeputzte Nase hervor und blickte mit vorwurfsvollen Knopfaugen. Dann schüttelte er sich und verschwand unter dem sperrigen Strauch.

Auf dem Erdboden lag leblos die schwärzeste Höllenotter. –

»Wie großartig die Sonne scheint!« jubelte der Eidechs, dem das Leben neu geschenkt worden war. »Goldstern!« rief er atemlos. »Du bist fast so schön wie meine Eidechse. Das machen deine Augen. Ich fühle bereits, wie mir helle, starke Flügel wachsen!«

Die Blume sah ihn unergründlich an. –

»Willst du mit mir tanzen, ehe ich abreise?« fragte er sie verwegen.

»Ich habe euer Gespräch mit angehört«, sagte sie leise. »Hast du das vergessen?«

»Nein«, sagte der Eidechs auf einmal wieder traurig. »Ich weiß, Zuneigung reicht für mich nicht aus. Meine Liebe ist so riesengroß geworden, daß sie wie ein lichterlohes Feuer in mir brennt. Kannst du das verstehen?«

»Ja«, flüsterte die Blume. Und sie fügte hinzu: »Übrigens, ich muß mich von dir verabschieden. Ich verblühe nämlich gleich …«

»Wir treffen uns wohl nie wieder«, murmelte der kleine Eidechs enttäuscht.

»Wer weiß«, sagte die Blume noch. Dann war sie verschwunden.

Verzweifelt schaute er sich um. Er fühlte sich endgültig allein gelassen. Und weil er von sehr kritischer Natur war, räumte er dem baldigen Erscheinen der Flügel keine Chance mehr ein. Daß es für ihn auch wieder einen Frühling geben würde, hielt er schlichtweg für eine Illusion. Er hätte zu diesem Zeitpunkt eines Trostes dringend bedurft.

Von den Bäumen fielen die welken, rot- und gelbgefärbten Blätter, der Tau hatte sich in Reif verwandelt – und der Himmel war ein kühler, blauer See geworden. Der kleine Eidechs suchte sich eine Höhle für den Winterschlaf – und er, der so viele Abenteuer bestanden und bei jeder Gelegenheit etwas Interessantes erlebt hatte, träumte nur von seiner Eidechse, von ihren grüngoldenen, unergründlichen Augen – den ganzen, langen, kalten Winter hindurch …

––––––––––––––––––––